울려고 시를 쓴다

박흥락 시집

시음사
시사랑음악사랑

시인의 말

죽음과 삶의 경계선에 힘없이 한발 걸치고 섰을 때
봇짐 하나 둘러매고 산과 산사를 오르고 또 올라
육신을 힘들게 하여 생각 자체를 할 수 없을 만큼 걸
었다.

서산 넘어가는 붉은 노을 따라 사라지고 싶어 그렇게
걸었다.

어느 날 내 나이 끝자락이 서산에 걸린 붉은 노을 같다
고 느껴졌을 때

죽비 맞은 것처럼 정신이 번쩍 들었다

가슴속에 울화통을 바늘로 찌르고 찔러서 터트리듯이
그렇게 속마음 풀어 놓은 게 시가 되어 있었다.
울려고 시를 썼다.

이 글을 쓰고 행복한 미소 지으며 속으로는 또 운다.

시인 박홍락

* 목차

* 목차

＊ 목차

* 목차

QR코드 스마트폰으로 QR 코드를 스캔하면
시낭송을 감상할 수 있습니다

본문
시낭송
감상하기

제목 : 무지개는 님의 사랑 표시다
시낭송 : 박영애

시인은 자연을 이야기하고 시낭송가는 자연을 품었다
글자는 날개를 달아 언어로 날고 소리는 자연에 눕는다

무지개는 님의 사랑 표시다

비가 돌담을 때리는 소리가
님이 날 부르는 소리로 들리고

빗속을 헤집고 나온 바람이
볼을 스치면 님의 손길 같다

손에든 따뜻한 커피 속에
은은한 향기는 님의 향기 같다.

비가 오는 날이면 님이 그립고
비가 땅을 식히며 올라온 향기는
님의 품속 같다

비가 살포시 그치며 뜨는 무지개는
님이 보낸 사랑 표시다.

제목 : 무지개는 님의 사랑 표시다
시낭송 : 박영애
스마트폰으로 QR 코드를 스캔하여
시낭송을 감상할 수 있습니다

8

멍든 가슴

서산에 지는 해그림자가
뚜벅뚜벅 나를 향해 다정하게 걸어올 때
그리움이 내 가슴을 덮어 버리네

그대 생각하면 가슴속에
장미 향기 가득한데

장미 향기 하나둘 새어 나올 때
그 향기 장미 가시 되어 온몸을 찔러 버리네

찔려도 찔려도 피투성이가 되지 않고
온몸엔 푸른 멍투성이네

그 누가 찌르지 않아도
나 스스로 가슴 속속들이 찔러 버리네!

낮이고 밤이고
시도 때도 없이 찌르네!

문고리에 달빛 매달고

찬 바람 불어 마른 잎새도 다 떨어진 헐벗은 산
가을걷이 다 하고 듬성듬성 널려있던
볏짚도 모두 치운 들판 허전하다 못해 쓸쓸하다.

바라보는 나그네 가슴엔
한 톨 남은 사랑마저 빠져나가고
빈 가슴엔 그리움만이 꼭꼭 눌러 채워진다

봄은 언제쯤 와
가슴 따뜻하게 채워줄까?
찬 바람 불어 못 올까 봐!

오늘 밤엔
달빛 문고리에 매달아 어둠 밝히고
별빛으로 문고리 따뜻하게
데워 놓아야겠다.

그리움이 발끝에서 운다

동풍이 해를 안고
서쪽으로 밀려가면

서산 그림자가 스멀스멀
발등을 움켜쥘 때쯤에

가슴에서 내려온 그리움이
발끝에서 운다

별빛이
가슴속으로 스며들 때에

외로움이 들창문 넘어
소리 없이 흘러 들어오네!

외로움이 멋대로 마음대로
가슴에 안길 때면

앙다문 입술 사이로
그리움의 흐느낌 흘러나오네!

반은 남기고

초승달이
구름 속에서 얼굴 반쯤 내미는 날

툇마루에 앉아서
막걸리 반 잔 따라 놓고

구름 속에서 반달이 잔 속에
오롯이 앉아 나를 바라볼 때쯤

두 손으로 받쳐 들고
입을 반쯤 벌리고
눈을 지그시 감고

눈가에 그대가
흘러내릴 때쯤
반 모금만 마시고 싶다.

밤바다

어둠이 내려앉아
수평선조차 보이지 않는

바닷가 백사장에
파도 소리 바람 소리만
귓전을 때린다

외로이 듣는 소리는
바다도 울고 바람도 운다

발밑에 백사장도
뽀드득뽀드득 울음 삼키는데

어둠 뚫고 내린 별빛만
살포시 가슴에 안기네!

밤이 무서워

하루가 서산 넘어가고
서산 그림자가 발등 때리면
별빛이 정수리를 어루만지고

돌담 사이로 솔바람 불어오면
어둑어둑 밤이 내리고
그리움이 가슴 적신다.

눈 감으면 보고 싶은 그대
가슴속으로 들어와
뚝뚝 떨어지는 눈물 폭포수 만들고

눈물에 젖은 베개 부여잡고
밤새워 바둥거리다가
아침 해 뜨면 눈물에
불어 터진 가슴 다독여 본다.

백사장

햇빛 쨍쨍 내리 쬐는 바닷가 백사장
추억은 바닷물에 다 씻겨가고

그리움과
보고픔만이 남은 백사장

모래 밟고
외롭다고 넘실넘실
나를 향해 다가오는 파도

먼 하늘 바라 보니
서산 귀퉁이에 걸려있는 저 뭉게구름은
나의 한숨이겠지!

벚꽃 비

봄바람
살랑 살랑

벚꽃 비
하늘 하늘

내리는 날

두 눈
살포시 감고

벚꽃
향기에 취하니

그리운 그대
웃는 얼굴만

아른 아른
거리네!

별 하나 국화 하나

봄부터 서로가 이쁘다고
아름다움을 다투던 꽃들은
붉은 노을 따라 서산 너머로
하나둘 이별하고

꽃이 그리워질 때쯤
느긋하게 화장하고
나들이 나온 들국화

찬 바람 불어와도
아침마다 찬 이슬에 얼굴 마사지하고
화사하게 눈웃음 흘리네!

눈바람 흩날리기 전에
눈웃음치는 들국화 아름 안고
귀뚜라미 울음소리 들으며

별빛 아래 앉아
별 하나 국화 하나 별 둘 국화 둘 하며
봄을 기다려야겠다.

별빛 있어도 어두운 밤

서산에 해 넘어가고
해그림자 발등을 덮을 때
붉은 노을 살포시 사라지면

하늘에 반짝이는
별 하나 외로이 뜰 때
그대 그리움 한 자락
살포시 별빛에 걸어두고

문지방에 쪼그리고 앉아
그대 계신 쪽 하늘 바라보니
별 하나가 조각조각이나
눈물 속으로 감춰지네!

별 품은 눈물 한 방울 툭 하고
문지방을 때리니
하늘에 별도 사라져
어두움만 방 안 가득하다.

별빛 자장가

성난 바다를
별빛이 고요히 잠재우는
깜깜한 늦은 밤에

바닷가 조약돌 위에 앉아
하늘 바라보니

아스라이 달려온 별빛 하나가
외로움과 그리움으로 쓸쓸한
내 어깨를 소리 없이 짓누르네.

밀려온 파도는
흰 포말 만들어 발등 덥고
미련 없이 떠나가는데

모래알은 사르르 사르륵
울음 토해낸다

밤새워 별빛은 바닷가에서
자장가 불러주며 다독여 주네!

별빛 타고 오세요

그대 향기 찾아 봄부터
이꽃 저꽃 향기 다 맡아봐도

그대 향기 없네요
혼자만이 느낄 수 있는 향기

오늘 밤
살포시 창문 열어 놓을게요

가을바람 따라
단풍 향기 안고

별빛 타고 오셔서
내 손 잡아주세요.

별빛에 그리움 씻는다

바닷가 백사장에
외롭게 굴러다니는 검은 돌 하나
오늘도 철썩이는 바닷물에
온몸 씻으며 마음 깨끗이 닦네!

내 그리움
조약돌 감싸 안고
바닷물에 씻어 본다

사르륵 싹싹 또르르 구르면서
조약돌은 오늘도
마음과 몸을 깨끗이 하지만

내 그리움은
굴러다닐 때마다 더해지며
외로움마저 겹쳐지네.

달빛이 물결 위에 아롱아롱 거릴 때
백사장에서 나는 별 헤며
별빛에 그리움 씻는다.

별빛에 눈물 감추고

늦은 밤 창가에 기대어
그대 그리워 두 눈 꼭 감으니

달빛이 어깨 위에
살포시 내려앉고

덩달아 별빛도
살포시 내려앉아

내 어깨
토닥토닥하네

오늘도 그대 대신
달빛 별빛이 토닥여줘

흐르는 눈물 달빛에 말리고
별빛에 감추어

그대 생각하며
배시시 입가에 미소 지으며
이 밤을 보낸다.

별이 볼 타고 흐른다

그대랑 같이 온 지난여름
아름다운 추억 찾아

찬 바람 몰아치는 겨울 밤바다
백사장에 우두커니 서서

바닷바람에 그리움 씻으며 바라보니
바닷물은 달빛 씻으며 철썩철썩 울부짖는다.

한없이 밀려오는 너울 속에
그대는 별빛 입에 물고 나를 향해 달려오네!

가슴에서 우러나오는 그리움은
울대 타고 흘러 울음이 되고

달빛 비춰지니 눈가에는 이슬이 맺혀
하늘에 별이 볼 타고 흐른다.

단풍 편지

파란 잎에
단풍 들면
붉은 단풍잎에

사랑의 시 적어
지나가는 구름에
부탁하여

그대 계시는 곳 스칠 때
바람에 실어 살포시 전하라 부탁하리라.

그대여!
사랑의 편지 받으시면

그대도
뒷동산 단풍 하나 주워서

키스 마크 찍어서
샛바람 불 때 보내 주세요!

봄비 오는 날

봄비 솔솔 마당을 적시고
봄바람 타고 달려온 빗방울이
창문에 눈물처럼 흐르네

따뜻한 아메리카노 커피에
흐르는 빗방울 한 방울 떨어뜨리니

덩달아 가슴속 그리움이 섞여져
쌉싸래한 맛을 내네

창도 눈물 흘리고
내 가슴도 눈물 흘린다

봄비는 그리운 그대 끄집어내어
흐르는 창에도 미끄럼 태우고

서산에 구름 붉게 물들일 때
내 가슴을 한없이 불사르네!

비 오기만 기다린다

그대가 몹시도 그리운 날이면
난!
비 오기만 기다린다.

빗속을 걸으면
소리치는 빗방울 때문에
마음껏 소리쳐 울 수 있고

이마에 흐르는 빗물 때문에
흐르는 눈물을
감출 필요가 없어

난!
그대가 그리운 날에는
비 오기만 기다린다.

비 오는 날

그대여!
창문 열고 손바닥 펴봐요

비의 슬픈 눈물 속에
그리움을 장미 향에
고이 접어서 배달하오니

살포시 주먹 쥐고 음미하세요!

눈감고 나를 생각하며
고이고이 접어서
마음속에 간직하세요!

그리곤 생긋이 웃어주세요!
님의 웃는 모습 고이 기억하게요!

비 오면 더 그리운 그대

비 오는 날 그대 그리워
노란 우산 덮어쓰고 강가에 나가보니
빗방울이 강물을 때리며 파장을 일으킬 때
내 가슴도 그리움이 물결쳐요

마음이 너무 아파 먼 산 바라보니
운무가 산을 뒤덮어 내 마음 같네요!

한발 한발 걸을 때마다
고인 물처럼 그리움이 가슴에 흥건하네요!

그리움이 뒷발꿈치 튀어 올라
바지 자락을 적시다가 못해서
가슴까지 적셔서

눈가에는 눈물인지 빗물인지
알 듯 모를 듯 흐르네!

비 오는 날은 하늘이 슬퍼서 울듯이
나도 하늘 따라 울게 되네요.

비 오는 날

비 오는 날 강가에 앉아서
그리운 그대 생각에 옷 젖는 줄도 모르고
하염없이 그대 생각하네!

옷은 비에 젖어 흥건하고
가슴은 그대 생각에 흠뻑 젖고
머릿속은 그대 그리움이 가득하여
일어설 줄도 모른다

오늘도
젖은 옷 그대로 젖은 가슴 그대로
구름 낀 하늘 보고
뜨지 않는 달과 별만 기다린다.

비가 좋다

비가 내리면서
양철지붕을 때리는 소리
지붕 타고 내려와
주춧돌 때리는 소리

가끔 구름 속에서
번쩍이는 번개
소리 내어 우는
천둥소리

햇빛에 움츠린 이파리들이
가슴 활짝 열고
오는 비 맞으며
웃는 모습이 너무 좋다.

툇마루에 앉아
커피 한잔 마시는
내 모습도 너무 좋다.

비로봉에서

소백산 정상 비로봉에 올라
가쁜 숨 고르며 쉬고 있을 때!

저 멀리 산들이 파도처럼
출렁출렁 물결처럼
내 무릎 아래서 머리 조아리네!

여보시게 그만 고개를 들게
녀석들 군기가 들었나
꼼짝하지 않고 머리 숙이고 있네

한동안 말없이 앉아있다가
산 그림자 등에 업고
비로봉을 내려왔네!

다음에
또 보자 마음속으로
다짐하고......

비선대 금강굴

대청봉에서 흘러오는 맑은 물에
발 담그고 우뚝 서 있는 비선대

누구를 기다리시나
그대 오시면 못 찾을까 봐!

햇빛 내리비치는 삼복더위에
훌러덩 옷 다 벗고 수줍은지
발만 물에 담그고 있네요.

말 못 하고 부르지도 못하고
얼마를 기다려야
가슴에 구멍이 뚫리나요.

그대 그리워 뚫린 횅한 가슴에
누군가가 부처님으로 채웠네요.

그 이름을 우리는
금강굴이라 부르지요.

비야 가슴 때리지 마라

이 슬픈 가을에
비까지 내리니

내 마음 비 따라
추적 추적 흐느끼네

비야 내리더라도
내 가슴 때리지 마라

너무 아파
홍시 되었다

더 때리면
내 가슴 식초 되어

그리움도 외로움도 모르고
그대 못 그리워하잖아.

비에 젖은 마음

비 오는 날
땅도 젖고
내 마음도 젖네요.

하늘은 구름이 해를 가리고
내 마음은 그리움이 나를 가리고

비 오는 날은 커피 향에 젖고
그리움에도 젖네요.

피어오르는 커피 향은
코끝을 자극하는데

가슴에서 피어오르는
그리움의 향은 눈가를 적시네

오늘도 커피 향에 취하고
그리움에 취해서

이불 뒤집어쓰고 소리 없이

가슴만 움켜잡고 부서져라

어금니만 앙다무네

비 오는 날 그리움

후드득후드득
하늘이 운다.

하늘이 흘린 눈물에 맞아
돌담 옆 감나무 눈물로 발등 적시네!

창가에 서성이는
내 가슴도 슬픔에 젖는다.

후드득후드득
내리는 비는
지난 세월 그리움에 젖게 한다.

손에 부여잡은 커피잔 속에
지나온 추억 가득 채워 보니
외로움 넘쳐흘러
눈가엔 눈물만 흐른다 .

후드득후드득
창밖에는 비가 내리고
창안에는 추억이 흘러내려
외로움만 가득하다.

비와 창가 그리고 그리움

비 오는 날
커피숍 창가에 앉으면
창엔 빗방울 스치며
그리움 방울방울 흐르고

테이블엔 지나간 옛 팝송이
테이블 귀퉁이 때리다가
귓볼을 적신다.

지나간 옛 그리움
떠나간 그대 빈자리
흘러간 팝송으로도 메울 수가 없고

싸한 커피 맛
향긋한 향에도
지나간 세월 메울 수가 없네!

비우기 위해서

속세를 뒤로한 채로
뚜벅뚜벅 걸어 들어간다.

그리움만 배낭에 가득 채우고
비틀비틀 거리면서
목적지도 없이 걸어 들어간다.

어느 깊은 산속으로
속세랑 멀리 떨어진 곳으로
뚜벅뚜벅 들어간다.

정처 없이 혼자만의 세상 속으로
깊이 들어갈수록 배낭 속의
그리움은 더 무거워지고

어둠 속으로
얼마나 더 들어가야 배낭이
가벼워지고 비워질까

오늘도 걷는다.
배낭을 비우기 위해서.

빈 잔엔 슬픈 가을만 가득하네

봄부터 빈 잔 들고 서성인다.

봄에는 날아다니는 나비 한 마리
빈 잔 손잡이에 앉았다가 솔바람 따라 떠났고

여름에는 지나가는 소나기 한 방울
빈 잔 때리고 사라지고

가을엔 떨어지던 단풍잎 하나
빈 잔에 머리 박혀 꼼짝을 못하네.

빈 잔엔 추억만 한가득하고
가슴엔 그리움만 채워진다.

가슴엔 슬픈 가을이 가득하고
가을은 슬픈 가슴이다.

사성암 마애여래 입상

선 하나로 바위 속에
앉아 계신 부처님
속세로 모셔왔네!

인자하신 볼 선과
눈웃음까지

쳐다보니
따뜻한 손 내미실 것 같은
부처님!

여기 바위 속에
앉아 계신 부처님
어느 불심 많은 석공이 모셔왔나.

산사의 추녀 밑에서

목에 방울 달고
보일 듯 말듯
부끄러운 듯
살포시 고개 들고

하늘 쳐다보는 듯
먼 발밑 내려다보는 듯
여성의 아름다운 턱선 닮은 듯
버선의 코끝을 닮은 듯

산사의 대웅전 뜨락에
걸터앉아 이 자리 이대로
혼자 앉아서 풍경 소리에
고개 꺼떡거리다가

지나가는 바람 따라서
연기처럼 구름 속으로
사라지고 싶다.

* 대웅전 추녀 끝에 풍경 달고 살포시 고개 쳐든 추녀의 아름다운 곡선을 보고*
(군위 지보사에서)

상고대의 눈물

찬바람이 칼날처럼
밤새워 피워낸 얼음꽃

어둠 속에서 화려함을 자랑하며
산등성이에서 긴긴 겨울밤 보낸다

누구를 기다리기에 밤마다
아름다운 꽃 피우고 산꼭대기에서 기다리나

기다려도 기다려도 임은 오시지 않고
아침 해 뜨면 눈물 한 방울 남기고 사라지네!

나도 너 닮아서 밤새워
그대 그리다가

아침 햇살이 창문 두드리면
주먹 쥐고 눈가 눈물 훔치고 일어난다!

상고대처럼

엄동설한 추운 겨울에
바람 한 점 불지 않는
조망권 좋은 산꼭대기에

이파리와 이별하고
추위에 떨고 있는
나뭇가지 꼭 끌어안고

헤어지기 싫어 몸부림치며
사랑의 눈물 뿌려
꽃보다 아름다운 상고대 만드네

아침 해 살포시 비치면
상고대는 반짝반짝 빛나는 듯
남김없이 흔적 없이 사라지네!

내 마음도 상고대 따라
그대 가슴속으로
스며들었으면 하네!

상처 난 가슴

구름 한 점 없는
푸른 하늘에 해 넘어가고
밤 되면 그대 보고 싶어

돌담에 기대어 서서
잘못 없는 푸른 이끼만
손톱으로 긁는다

조용히 살금살금
비치는 달빛에 그리움 빨래하고
보일 듯 말 듯 한 별빛에
상처 난 가슴 꿰매고

두 눈 꼭 감고 조용히
숨죽이면 꿈속에
그대 오셔서 예쁜 미소 지으며
별빛으로 꿰맨 자리
호호 불어 주시겠지.

새어 나가는 시간

시간은 말없이 흘러간다!
소리도 없이 흘러간다.

실금 간 항아리에서
물이 새듯이

조금씩 내 몸에서
새어나간다.

소리도 없이
새어 나간다.

새어나간 시간은
채워지지 않는다.

내 몸은 서서히
껍질만 남는다.

시간 없는
껍데기만 남는다.

석양이 어둠 속으로 사라지듯

찬 바람 불면
하루가 아닌 한 해가 가는구나!

봄바람 불면
봄이 지나가겠구나.

꽃이 피면 지겠지
해 뜨면 지고 달이 뜨겠지

세월이 가고 또 가면
석양에 물들듯이

나도 물들다가 조용히
어둠 속으로 아무도 볼 수 없겠지

나도 못 보고
너도 나 못 보고

그렇게 그렇게 못 보고
안 보다가 보면 잊혀지겠지.

설악산 신흥사 앞 계곡

설악산 신흥사 앞
계곡물에 발 담그니
울산바위 흔들바위를
쓰다듬고 내려오는 물

맑기도 하고
차갑기도 하구나.
여기가 속세를
떠난 듯하구나

시끄럽지 않고
그냥 맑은 물소리
내 귀를 청소하고
어떠한 소리보다도
듣기 좋고 거부감이 없네.

졸졸졸
내 가슴을 쓸고 가는 소리
여기가 천국이구나.

세월아! 잠깐만

잠깐만!
세월아! 그대로 멈춰 줄래요!

여기!
너무 고운 꽃잎 떨어져 있어

잠깐만.
구경하고 갈게요!

당신 생각

바람 따라 골목길 모퉁이 돌면
당신이 보일 것 같고

휘파람 불면 뒤돌아볼 거 같은
당신이 그립다.

세상의 모든 흔적이
다 당신인 듯
착각 속에 빠진다.

어제도 오늘도 먼 후일에도
다 당신 생각뿐이다.

무지개

비가 햇빛에 밀려서
저 멀리 물러간 다음
그대가 몹시도 그리워
그대 계신 하늘 쳐다보니

그대도 나 그리워서
빨. 주. 노. 초. 파. 남. 보.
색깔 띄워 나에게로
소식 전하네!

소식 받다가 나도 모르게
그리움이 눈가에 이슬 되어
또르르 하고 눈물 한 방울
볼우물로 숨어드네!

무릎 위에 별 하나

늦은 가을
늦은 밤
그대 그리워
잠 못 이루고

솔바람 따라
이름 없는
호숫가에 앉아
별 하나 따서

무릎 위에 얹어놓고
그대 그리워
쓰담쓰담 쓰다듬으니

슬그머니 미끄러져
호수 속으로 소리 없이 흘러들어
나를!
물끄러미 바라보네!

소리 내지 말자

그리움이
소리 없이
멋대로 굴러와

가슴에 쌓이네
한 겹 두 겹 쌓여서
외로움되고

가슴 속에서
뽀드득 뽀드득
소리 나면

입가엔 슬픔이 어리고
눈가엔
영롱한 진주가 맺히면

그대는
입술에 힘주고
입 꼭 다물지

그대 생각

봄바람 코끝을
스치는 따사한 오후

귓가를 간지럽히는
그대의 목소리 그리워

봄 햇살 아련히 비치는
창가에 앉아

아메리카노 커피 한잔 왼손에 들고
오른손엔 그대 그리움 잡고

손금 파고드는
따사한 그대 체온 느끼려고

입가엔 엷은 미소 띠고
가슴 파르르 떨어보네.

슬픈 겨울바람

헐벗은 나뭇가지 사이로
겨울바람 그리움 안고 흐른다.

흐른 바람 가슴속으로 그리움이
너울너울 춤추며 들어온다

겨울바람 휙 하고 온몸 감고 지나가면
귀때기 볼때기 시리고 아프다

가슴도 아프다.

바람에 휘날리던 낙엽 한 잎
발끝에 멈추어 나를 쳐다본다

겨울바람은 나를 슬프게 한다.

슬픈 가을 노래

가을!
가을인가 보다!

가을바람이 무심코 지나가니
단풍잎 하나 툭 어깨 스치고
발등 앞에 떨어지네.

그리움이 단풍잎 옆에 앉아
나를 쳐다본다

사각사각 단풍잎 바람에 스치며
슬픈 가을 노래 부른다

짜박짜박 발밑에서 울음 우는 단풍잎
그대 보고파서 우나 보다.

가을!
가을은 가을 노래 부르며 운다.

사각사각 짜박짜박

슬픈 가을 노래에 그리움은 쌓이고 쌓여

가슴에 넘쳐흐른다.

쓸고 간 빗자루

서산의 해그림자가
대밭을 덮치면

대 그림자는
한 자루 대빗자루가 되어

마당을 쓸고 지나가지만
마당에 뒹구는 티끌들은 그대로이네!

티끌처럼 내 마음의
그리움도 그대로인데!

대빗자루에 맞아 우는 풍경 소리가
내 가슴을 더 울리네!

얼음꽃(상고대)

어스름한 달빛 비치는
솔잎 사이로 찬 바람 불면

달빛 안은
그리움이 얼음꽃(상고대) 되어

단풍잎 감싸 안고
머리 쳐들고 반짝이며 손짓하네!

아침 햇살 받아 눈물방울 되었네
밤이면 달빛 속에 꽃피우고

아침이면 햇빛 속에
눈물 되네

그대는 추위에 떨며 꽃이었다가
햇빛 비치면 눈물방울 되는

당신은
얼음꽃(상고대)

노을 질 때

서산에 노을 걸리고
서산이 강물 속에 드러누울 때

난!

강가에 핀 코스모스 옆
조그마한 바윗돌 위에
살포시 엉덩이 내려놓고

흘러가는 강물 속에 드러누운
서산 너머로
마음속에 든 시구 끄집어내어

퐁당퐁당 하나하나
소리 나게 던져 넣는다.

목적지 없는 길 떠나본다

봄비 소리 없이 내려
초가지붕 적신다.

흘러내린 봄비
처마 끝자락에 매달려
그리움 되어 떨어진다

솔바람 타고 온 진달래 향기
가슴속에 흔적만 남기고 떠난다.

떠난 자리엔 또다시 찾아온 그리움
그리움 달래보려 길 떠나 본다.

정하지 못한
목적지 없는 길을

그리움이란 봇짐 한쪽 어깨에 메고
외롭게 걸어간다.

오늘의 커피

따끈한 물 한잔 앞에 놓고
오늘은 어떤 커피 마실까.
고민에 빠져버렸다.

싸한 커피에
그대의 입술 넣으면
너무 달콤하고

그대의 마음 담으면
향기가 너무 진하고
고민하다가 둘 다 넣기로 했다.

그대의 마음에다가 입술까지
다 넣어서 마음에 담기로 했다.

가슴 속에 넣어서 녹아들면
그대는 항상 몸속에서

사랑스럽게 구석구석 헤엄치며
사랑의 꽃 피우며
그렇게 같이 살고 싶다.

온 듯 안 온 듯 살다가

가을이면 나뭇잎도 갈 길을 알고
저마다 이쁘게 꽃단장하는데!

몇천 년을 살 것처럼 하다가
준비 없이 추하게 떨어지지 말자!

곱게 곱게 단장하자
단풍잎보다 더 아름답게 화장하자

빈손으로 왔다가 빈손으로 가는데
곱게 이쁘게 흔적 없이

온 듯이
안 온 듯이 있다가

가는 듯
안 가는 듯이 가버리자.

외로운 바닷가

바닷물이
울면서 모래톱에

한주름 한주름
주름 만들 때

내 가슴에도 한올 한올
그리움의 주름 만들고

갈매기 날갯짓 소리
파도 타고 밀려오니

가슴이 먹먹해지며
추억이 방울방울

눈물 되어
발끝을 적시네!

너 때문에

서산에 걸린 붉은 해는
내 그림자
길게 밟아버리고는
어둠 속으로 사라지네!

그림자 길어질수록
그리움도 길어진다는 것을
너는 왜 모르고
그리움만 밟고 사라지나!

너 때문에
오늘 밤도
별만 헤다가
아침해 맞이하겠다!

우야꼬!

여기까지
와보니 알았네!

한발 한발 내밀 때마다
모두 다 알고 걸어서 온 줄 알았는데.

여기까지 와보니 알았네
보지도 않고 모르고 왔다는 것을

앞으로 갈 길도 모르고
어떻게 가야 하는지도 모른다네!

꼭 가야 하는지도 모른다
이제 우야꼬........

* 우야꼬 : 어떻게 할까? (경상도 군위 방언)

울고 싶은 날

비 오는 날
툇마루에 앉아
먼 산 바라보며
따뜻한 커피 한잔으로
입술을 적시니

쌉싸래한 맛과 향긋한 향기가
뒤엉켜서 외로움이 스멀스멀
콧속으로 스며드네!

내리는 빗줄기 멍하게 바라보다가
가슴속에 빗소리 붙잡아 놓고
하염없이 울고 싶다.

내 그리움은
굴러다닐 때마다 더해지며
외로움마저 겹쳐지네.

달빛이 물결 위에 아롱아롱 거릴 때
백사장에서 나는 별 헤며
별빛에 그리움 씻는다.

월송정

옛시인들이 머물며
밤이면 달을 벗 삼아
술 한잔하며 시를 읊었다는 곳

소나무가 정자를 감사고
흰 백사장 지나면
바다가 밤새워 노래 부르는 곳

솔바람이 코끝을 스치며
바닷내음이 입맛을 돋우며
절로 술이 생각나는 곳

밤이 되어 술잔에
달빛이 비춰준다면 시구가 그저
술잔에 퐁당퐁당 빠지는 소리에

밤새워 잔을 비우고 비워도
시구가 잔을 철철 넘쳐
동해 바다에 가득할 것 같네!

이런 날엔!

이슬비!
추적추적 오는 날

우산 없이 신문지 한 장 반으로 접어
듬성듬성한 머리 가리고

시장 골목길 끝
좌판에 쪼그리고 앉아서

고추튀김 오징어튀김에
검은 간장 듬뿍 찍어서

입가에 검은 간장 흘리며
자근자근 씹으면서

입가심으로 잔술 한잔 입술에
대고 노란 병아리처럼

초승달 쳐다보고 한쪽 눈 감으며 카~~~
소리 내고 싶다.

인생 별거 아니야

노을이 아름답게 보이면
늙은 게야!

가을에 쓸쓸함을 느끼면
인생 끝자락에 서 있는 게지.

아름다운 풍경에 눈물 나면
석양 따라서 걸어가야 할 나이인 게야.

가을에 왠지 눈물이 흐른다면
지나온 인생이 마음에 들지 않은 게지.

욕심부리지 마!

삶이 별거 있나 먹고 싶은 거 먹고
보고 싶은 거 보고 살면 되지.

뭐!
살아보니 인생 별거 아니야!

먼지 되어 떠나는 인생

아침 해 살포시 비칠 때 상고대 사라지듯이
흔적 없이 남김없이 사라지는 게 인생인가!

실금 간 항아리에서 물이 새어 나가듯이
그렇게 서서히 사그라드는 게 인생인가!

시냇가 바윗돌이 바람에 톱질 당하고
흐르는 물에 톱질 당하여
서서히 없어지듯이

내 인생도 떨어지는 비와 바람 맞으며
흐르는 세월에 깎여지고 깎여져

그냥 지구란 별에 잠깐 들렀다가
먼지 되어 떠나는 게 인생인가 보다.

돌려주고 가요

붉게 물든
단풍잎처럼

내 마음 두들겨
멍들게 해놓고

싸늘한 그리움만
가슴에 남겨두고

떠난 님아!

떠나려거든
그냥 가지 마오

내 사랑
돌려주고 떠나요.

조용한 새벽녘

구름 한 점 없는
새벽녘에 둥근 달이
감나무에 걸터앉아

까치밥으로 남겨놓은
홍시 훔쳐 먹으려다가

새벽 알리는 수탉의
울음소리에 깜짝 놀라
도망가네!

흔들리는 가지에
남은 단풍잎 하나가

공중제비 돌며
살포시 내려앉으며 방긋 웃는다.

책갈피 속 추억

오늘도 하루가 간다

넘어가는 하루
책갈피 속에
그리움이 또 하나 끼워진다.

지나간 옛 시절엔
봄에는 네 잎 클로버
가을엔 단풍잎

겨울에는
시 한 수 적은 쪽지였는데!

세월이 흐르고 흘러서
나이가 쌓이고 익어가니
그리움 아니면 외로움이네!

첫눈

온다 온다
기다리던 그대가

하늘 나라에서
나 보고 싶어서

그대 보고파서 목이 마르고 가슴이 아팠는데
이제서야 그대가 온다

하늘 하늘
바람 따라 나에게로 온다

두 눈 크게 뜨고 본다
그대를 바라본다

소록소록 쌓인다 그대가 내 가슴에
그리움이 물 되어 가슴에 스며든다

촉촉이 스며든다

축제는 끝나가고

피에로처럼 모든 걸 감추고
즐거운 척 축제에서 춤추고
웃다가 보니 어느새 축제는 끝나가고

몸은 단풍처럼 물들어
벌레 먹어 구멍이 숭숭 나고
땅에 떨어질 날만 기다린다.

즐거운 축제였는지
슬픈 축제였는지

나도 모르고
너도 모른다.

단풍은 술이다

산길 들어서니
붉은 술 노랑 술 푸른 술
산에 계곡에 오솔길에 천지 술이구나.

손을 뻗으면 술이 손에 담기고
눈을 돌리면 술이 천지다
산길도 술에 취해 길이 꼬불꼬불하구나

나!
너를 보고 취하니 술이 아니고 무엇이더냐.

산 위에서 내려다보니
이곳저곳 저수지에는 물이 가득하네!
숨 고르고 다시 보니 술잔이 여기저기 널려있네.

어느 잔부터 들이킬까?

보이는 잔 다 들이키고 술 취해서
봇짐 베고 아름다운 꿈나라나 헤매야 하겠다.

친구야! 묵향 맡으며 쉬자

친구야!

붓 하나 꺼내
두 선 나란히 긋고 그 위에 올라앉자

그리고 조용히 눈 감자
그 선 위에 행복이 있고 그리움이 있다

너무 바쁘게 걸어왔다
이제는 조용히 쉬어보자

조용히 눈감고 묵향 맡으며
행복만 생각하자.

걷지 않고 쉬기만 해도 괜찮아
이제는 조용히 쉬자.

툭 가을

하늘도 흐느껴 울고 싶은 날
커피 한 잔 시켜놓고

하늘 하늘 사라지는
뽀얀 김 따라 내 그리움도 날려 보내고

툭 떨어지는 가을을
발로 툭 걷어차고는

식어버린 커피 한 모금
어금니에 깨무니

너무나 쓰구나
마음도 쓴데 너마저

파도 소리에 덮어두고

바닷물이 모래톱에
한주름 한주름 주름 만들 때

내 가슴에도 한올 한올
그리움의 주름 만들고

갈매기 날으는 날갯짓 소리에
가슴 먹먹해진다.

백사장 모래알에
한알 한알 그리움 새겨놓고

파도 소리에 그리움 덮어두고
달빛 비치면

별빛 지팡이 삼아
뒤돌아보지 않고 떠나요!

나 홀로

천천히 걸으면
세월도 천천히 가겠지

찬밥에 그리움 말아 먹고
외로움 한 조각 집어 먹고

해지는 언덕 올라
조용한 강가를 바라보네

가을바람 부는 강가 갈대숲 사이로
그리움이 바람 따라 나에게 손짓하네

해지는 강가 언덕에는
나 홀로인데

그리움아!
나 어떻하라고?

내 그림자 위에

그대와 손잡고
사랑의 언어들
띄워놓은 물 위에
내 그림자 놓고 갑니다.

그대여!

따뜻한 봄날
꽃 같은 그대의 머리 위에
노랑나비 살포시 앉아서
그리움의 노래 부르면

그대도 호숫가에
나 몰래 살포시 와서
내 그림자 위에
그대의 마음 살포시 놓고 가소서.

내 마음

그물처럼

바람도 지나가고

구름도 걸리지 않고

그리움도 머무르지 못하고

외로움도 지나가는

내 마음

그물이었으면 좋겠다.

내 마음 그대 가슴에 물들고 싶다

오늘 밤도 그대 생각에
잠 못 이루고 뒤척인다

아침이슬 풀잎 적시듯
볼우물에 고이는 눈물

이른 아침 돌담 옆에서
붉게 물드는 단풍잎처럼

나는 그대의 뽀얀 가슴에
내 마음 물들이고 싶다.

한지에 먹물이 곱게 퍼지듯이
내 마음 그대 가슴에 물들고 싶다

영원히 떨어지지 않는
그런 단풍잎 하나
그대 가슴에 매달고 싶다.

혼자서 쇼하다가

생각 없이 계획도 없이
세상에 태어나서

무대 마련도 안 된 곳에서
관객도 없이

준비 없는 대본으로
연극인지 뮤지컬인지도 모르고

광대처럼 피에로처럼
놀이판과 굿판을 오고 가며

인생을
오락가락하네.

오르다가 미끄러지고
일어서다가 넘어지고

혼자서 쇼하다가
알만하니 내려오라 하네.

황혼 따라 걷는다

서산에 황혼이 걸려서
얼굴 붉게 하고 붉은 한숨 토하며
꺼이꺼이 울면서 서산에 매달려 있다.

너 보내기 싫어서 잡아두고 싶어서
너를 향해 서쪽으로 걷고 또 걸어가 본다

가슴을 내밀고 손을 뻗어 봐도
서쪽으로 걸을수록 멀어져만 간다

멀어질수록 황혼의 붉음은
손끝에서 가슴속으로 밀려 들어와
그리움으로 남는다.

가슴속 파도 소리

바위가 파도에 맞아
소리 내어 우는 날

조약돌 베고 누워
나도 가슴 열고 파도 맞아보니

바위 울음소리보다
내 가슴이 더 요란하게 우네요.

울어라 바위야
소리 내어 때려라 파도야

너도 울고
나도 울고

바닷가에서 밤새워
너도 울고 나도 우네!

황혼 따라갈 것을

안개 자욱한 이른 아침에
커피 한잔 들고
이슬로 세수한 연꽃잎에 앉아

두 눈 껌벅이는 한 마리 개구리 되어
연꽃잎 나룻배 삼고
홍련 꽃대 연등 삼아
커피 한 모금 입술에 축이니

혼자서 너무 외롭구나
물속에 비친 구름에
말 걸어본다.

여보시게 지나가는 나그네여
커피 한 모금 나누어 마시게나?

구름은 말없이
바람 따라 지나가는구나!

나!

또한 황혼 따라 말없이

사라질 것을 무엇을 탓하리오.

가슴속에는

그리움이 녹아 포도주가 되나요!
외로움이 녹아 소주가 되나요!
둘 다 녹아들어 위스키가 되나요!

가슴속에 녹아든 그리움 없애려고
가슴속에 녹아든 외로움 없애려고
홀짝홀짝 마신 술 취하면 취할수록

그리움 녹아 없어지고
외로움 녹아 없어질 줄 알았는데
잊으려고 잊어버리려고
홀짝홀짝 마신 술

그리움으로 만들고
외로움으로 숙성시킨 술이라서 그런지
마시면 마실수록 더 그립고 외롭네요!

오늘도 가슴이 추워지는 날이네요!
싸한 가슴속에 오늘도 들어붓는다
그리움과 외로움을.....

가슴속으로 스며든 그리움

봄, 여름 가고
가을이 와도
그대 그리움은 그대로

비가 보슬보슬 와
땅속을 적시며
탄탄한 흙 속으로 녹아들듯이

그대 그리움이
가슴속으로
슬며시 스며들어

탄탄한 가슴 녹여
그리움이 넘쳐 넘쳐
발밑에 흥건히 고이네요.

눈물 닦고 웃으며 오소서

봄비가 촉촉이 내려
툇마루가 젖어 오듯이
그대가 가슴에 젖어오는 날!

툇마루에 걸터앉아
차 한 잔에 온몸 적시고
향기에 취해보니
그 깊이를 알 수가 없네!

계곡에 흐르는 물소리에
온몸 던져 하나가 되어
같이 울어 본다!

오늘도
문고리에 수건 한 장 걸어놓고
그리움 들어올 때
눈물 닦고 웃으면서
들어오게 해야겠다.

눈물 나는 봄

떨어진다
벚꽃 잎이 떨어진다.

뻗은 손바닥에
봄바람 타고 온
꽃잎이 떨어진다

하나둘
자꾸만 떨어진다

흐른다
세월이 흐른다.

손끝으로
꽃의 눈물이 느껴진다.

슬픔이 느껴진다
가는 세월이 느껴진다.

손끝도 운다
나도 운다.

가슴에 안겨요!

가을바람이 낙엽 등 타고
내 가슴으로 안길 때

바람은 그대의 향기 되고
낙엽은 그대의 편지 되어

날! 그 자리에서
꼼짝 못 하게 하네요!

그대여!
이 가을엔

그대가
바람 되어

낙엽처럼 내 가슴에
안기어 포근한 겨울 보내요.

가슴에 품은 그리움

가을 햇빛이 따사한 오후에
호숫가 작은 바위에 엉덩이 깔고 앉아

그리움 끄집어내어
호숫물에 씻어본다.

지나가던 가을바람이
호숫물에 세수하러 왔다가

그리움 하나 떨어뜨려 놓고
서산에 지는 붉은 해 따라 꼬리 감춘다

오늘도
그리움 떨쳐버리러 왔다가

그리움 하나 더 가슴에 안고
힘겨운 발길 돌린다.

가슴에 핀 꽃

그리움 내려
꽃을 때리니
꽃잎 떨어져
꽃비 내리네

꽃비 맞으니
그대가 보낸 그리움
내 가슴 파고들어

그대 보낸 그리움
꽃 한 송이로 몽우리 지니
그대여 꽃잎 진다 슬퍼 마오.

내 가슴에
한 송이 꽃이 되어
피고 있으니까요?

가슴으로 운다

음악 카페에 혼자 앉아
그대랑 듣던 음악 흘러나와

그대 생각에 한쪽 눈 감고
사랑하던 그때 생각하니

감은 눈 속에
눈물만 가득하네.

흘러나온 눈물 삼키면
그대 잊을까 봐

이러지도
저러지도 못하고

오늘도
새까만 가슴만 움켜쥐고

소리 없이
가슴으로 우네~~

가슴으로 잡으소서

그대 그리움
노란 봉투에 담아서
해 뜨면 언덕에 올라

봄바람 부는 5월에
민들레 홀씨에 묶어
고이 날려 보내야지

그대여!
그대 계신 곳에 민들레
홀씨 날리거든

그대 보고픈
내 마음 쉴 곳 찾지 못하고
산야를 헤매고 있으니

살포시 가슴으로 잡아
어디 도망 못 가게
마음속으로 품으소서

그리운 사람 그대여!

사랑하는 사람 그대여!

가을 내음 맡다가

가을 향기 맡으러
커피 한 잔 들고

단풍나무 밑에서
빨간 단풍 내음

커피 내음
번갈아 맡아보니

요것도 그리움
조것도 그리움

울컥 소리 없는
울음만 삼켰네

가을 달 비치면

가을 달 두둥실 떠
그대 문지방 비치면

내 마음 잠들지 못하고
늦은 밤 달빛 여행하다가

나 생각나 그대 잠 못 들고
밤새워 그리워하실까 봐!

달빛 조용히 가슴에 안고
그대 문지방 걸터앉아 있어요

그대여!
문 열고 반갑게 반겨주세요.

오늘 밤은 쏟아지는 별빛이
그대 그리는 내 마음이라 생각하시고
편한 밤 보내세요.

가을밤엔

솔바람 불어오는 강가에
억새 울음소리가 슬프게 들리네

어디 숨어서 우는지
귀뚜라미 울음소리가 가슴을 치는 가을밤에

그대 그리워 달님도 뜨지 않은 그믐밤에
가슴 부여잡고 소리죽여 꺼이꺼이 눈물 삼킨다

창밖 코스모스도
돌담에 머리 기대고 소리죽여 운다

감나무 위로 지나가는 별들도
눈만 껌뻑껌뻑하다가 사라진다

초가지붕 위에 호박은 밤새워 울다가
아침 해 뜨니 부끄러워 배 드러내놓고 두 눈 감네.

가을비에 젖은 편지

고운 편지지에
하트 하나 넣어서

가을바람에 실어
편지 한 장 보냈는데

가을비에 다 젖었네

젖은 편지 배달이나 될까?
그대 읽을 수 있을까?

가슴으로 보낸
편지인데 안 보여도

그대
가슴으로 읽겠지

가을 커피 속에 내 마음이

부석사 뜨락에서 따뜻한 커피잔 속에
가을을 상징하는 빨간 단풍 한 잎 띄우고

목탁 소리 휘저어서 풍경소리 가미하니
아~~~
이 맛이 가을 맛이구나

잔 속에 비치는
단청 색깔이 너무 아름답구나

다 마시면 부석사의 가을을
가슴속에 담을 수 있을 것 같으나

너무나 아름다워 나만 즐길 수 없어서
남은 커피 그대로 두고 발길 돌렸네!

가을 편지

뱅글뱅글 팽이처럼 돌아 떨어지는
단풍잎 하나 주워서 그대 향한 내 마음 적어

가을바람 봉투에 넣어 그대에게 보내오니
그대여 봄 되면 가슴에 안아 봐요

그대 품에서 살며시 내 마음 고개 내밀면
읽지 말고 눈 감고 향기만 맡아봐요

향기에 눈 부시면 눈물 흘려도 좋아요
그 눈물 반짝이면
밤하늘 별이 될 테니까요.

가을에는 단풍처럼 물들자

가을!
가을이면 그대 보고파
밤이면 밤마다
생각은 항상 그대 곁에서 잠들고
가슴은 빨간 단풍처럼 익어간다.

그리움도 단풍처럼 물들면
떨어져 잊히려나
가슴이 단풍처럼 물들 때까지
단풍나무 밑에 돗자리 깔고
그대 잊혀질 때까지 잠자는 척해야지.

가을엔 사랑하리라

가을이 오면
단풍잎 물들듯이

그대 가슴에
물들어 사랑할 거야

붉은 단풍으로 변하며
그대 사랑하리라

서산 해넘이가
붉게 물들이듯이

가을의 아름다움
영끌하여

그대
사랑하리라!

가을은 슬프다

그리움이 밤새워
가슴 쓸어놓으니

싸리비로 마당 쓸면
자국 남듯이

그리움 쓸고 간 자국이
가슴속에 슬픔으로 남네요.

초저녁부터 울던 귀뚜라미
새벽까지 울어

가슴에는 귀뚜라미 울음소리 자국으로 남아
슬픈 음계를 만든다.

가을은 슬픔을 모아놓고
나를 슬픔 속으로 빠지게 만드네!

가을의 눈물

비 올 때 웅덩이에 물 고이듯
그리움이 가슴 한켠에 모이네

밀어낼수록 차오르는 밀물처럼 밀려와
그리움이 나를 넘치게 하네

가뭄에 논바닥 벼 포기 말라 가듯
그대의 사랑은 말라 가는데

그리움은
이랑 따라 촉촉이 젖어 드는

물길처럼
내 가슴에 눈물만 남기네.

내 마음 조립식이었으면

내 마음
조립식이었으면 좋겠다.

그리움 외로움
다 빼버리고

사랑만 모아서
조립하면 예쁜 탑이 되겠지.

내 인생
조립식이었으면 좋겠다

싫은 거 다 빼버리고
좋은 것만 조립하면

아주 조그마한
예쁜 탑이 되겠지.

가을이 오면

가을이 오면
가을 시구를 어깨에 늘어뜨리고

코스모스 하늘하늘 흔들리는
오솔길 따라

너덜너덜한 걸음으로
아주 느린 걸음으로 걷자

느려 뜰인 시구는
나보다 더 느린 걸음으로

멀찍이서 흙먼지 살포시
일으키며 따라오게끔.

가을이 오면 걷자

가을이 오면 봇짐 하나 매고
어거적 어거적 단풍 따라 길을 떠나자

가는 길에
고추잠자리 길 막으면

단풍나무 밑에
봇짐 풀고 잠시 쉬다가

풀벌레 노래 부르면
따라서 흥얼흥얼하다가

솔바람 따라
뭉게구름 따라

발걸음도 가볍게
정처 없이 따라서 걷자.

긴긴밤

눈가에 잔주름 타고
그리움이 흘러내릴 때
입가에 미소가 살포시 흘러내려
가슴을 적실 때면

내 사랑 그대가 그리워
밤새 베갯머리 끝에서
지난날의 그리움이
꿈속에서 나풀나풀하며 손잡고 일으켜 세운다

동지섣달 긴긴밤을
눈뜨고 밤을 새우네!

나를 안고 가는 세월

서산 그림자가 돌담길 어루만질 때
어스름한 길 따라 세월의 시간이
나를 안고 사라지려고 하네.

골목 입구에 두고 온 사랑
뒤돌아봐도 보이지 않고

난!
세월에 안기어서 그렇게 사라져야 하네.

그대랑 천천히
조금씩 아주 조금씩 가고 싶은데

세월은 세찬 바람 따라
번개처럼 골목길 모퉁이를 나를 안고 돌아버린다.

님은 파도가 되어

바닷가 모래밭에서
그리움 하나 집어 들고
귓가에 대어보니

님의 목소리가 들리네
철썩철썩하고
그리움이 한장 한장 넘어가네

쏴~~아 하고
마음속 깊이 묻어둔 님이
파도처럼 나를 철썩이네

난!
그 자리에서 바위가 되네
매일 철썩거리면서
울분을 토하려고.

늦은 밤 그대 그리며

늦은 저녁 해 넘어가고 별빛만 아른할 때
숲속에서는 풀벌레 소리 구슬프게 들릴 때

어디선가 날아온 반딧불이 한 마리
밝은 불빛 비춰줄 때

그대 겁날까 봐 그대 손 슬그머니 잡으니
솔바람만 손에 잡히고
그대 그리움만 가슴에 가득하네

반딧불에 비친 눈가엔
눈물 한 방울만
외로이 댕그랑거린다.

구룡사에 앉아 득도하다

이슬도 마르지 않은
구룡사 뜨락 카페에 앉아
따뜻한 커피 한잔 손에 들고

이슬방울 부여안고
흘러나오는 목탁 소리 들으니
내 마음 목탁 소리에 스며들고

계곡 물소리에 묻어 흐르니
사르르 졸졸 졸졸 사르르
내 가슴 후벼파네

산사의 목탁 소리도
가슴을 씻어주고
흐르는 물소리도 가슴을 씻어주니

여기가 극락이 아니고 어디가 극락이겠는가!
나 오늘 여기 앉아서 득도한 기분이다.

그냥 안기렴

돌담 밑에 살포시
고개 내밀고 방긋이 웃어 주는
민들레 한 송이

노란 꽃망울
수줍게 얼굴 내밀고
말없이 바라보네

겨울 지나
땅속에서 처음 나와
꽃피우고 날 처음 보나 보다

처음으로 웃어 주나보다
너도 반갑고
나도 반갑다

첫 대면에
수줍어 말고
그냥 내 품에 안기렴

그대 기다림

나른한 오후 양지바른 창가 커피숍
따뜻한 아메리카노 커피 두 잔

비워둔 앞자리에 한잔 놓고
무작정 그대 기다린다네

시간이 지나고 해가 서쪽으로 기울어도
그대 오기만 기다리네!

문 열리는 소리에 입가에 미소 띠며
조용히 고개 돌려 그대인가 하니

서산 그림자가 밀고 들어와
그대 대신 볼그레한 얼굴하고 자리에 앉네!

그리움만 가득 담긴 남은 커피
그대로 두고 힘없이 일어선다.

그대 대신 별빛

야밤에 잠은 오지 않고
그대 보고픔에 눈만 초롱 초롱

드르륵 창문 열고 보니
마당 끝 자락에 걸린

그대 닮은 초생달은
마당가 수돗가에서 얼굴을 씻고

별빛은 스산한 바람에 실려와
수돗가 감나무에 걸려

까치밥 대신 걸터앉아서
그대 대신 나 바라보네.

그대 마음 놓고 가요

그대와 손잡고
사랑의 언어들
띄워놓은 물 위에
내 그림자 놓고 갑니다.

그대여!

봄이 와서 노랑나비가
꽃 같은 그대의 머리 위에
살포시 앉아서
그리움의 노래 부르면

그대도 호숫가에
나 몰래 살포시 와서
내 그림자 위에
그대의 마음 살포시 놓고 가요.

그대는 어디에

추운 날 발 시리고
손이 시려야 하는데

그리움
밀려오면

가슴이 시리고
얼음장처럼 차가워서

눈가에 고드름 생겨
슬픈 내 입술을 찌르는데

고드름 살포시 안아
흔적 없이 녹여줄

그대는
어디 있나요.

내 인생도 떨어지는 비와 바람 맞으며
흐르는 세월에 깎여지고 깎여져

그냥 지구란 별에 잠깐 들렀다가
먼지 되어 떠나는 게 인생인가 보다.

울려고 시를 쓴다

박홍락 시집

2022년 5월 19일 초판 1쇄
2022년 5월 23일 발행
지 은 이 : 박홍락
펴 낸 이 : 김락호
디자인 편집 : 이은희
기 획 : 시사랑음악사랑
연 락 처 : 1899-1341
홈페이지 주소 : www.poemmusic.net
E-Mail : poemarts@hanmail.net

정가 : 10,000원
ISBN : 979-11-6284-364-2